I HUW AC AWEN

Argraffiad cyntaf: 1985
Chweched argraffiad: 2013

Lluniau: Angharad Tomos
Gwaith lliw: Elwyn Ioan

Rhif llyfr rhyngwladol: 0 86243 104 2

Cyhoeddwyd ac argraffwyd yng Nghymru
gan Y Lolfa Cyf., Talybont, Ceredigion, SY24 5HE
e-bost: ylolfa@ylolfa.com
y we: www@ylolfa.com
ffôn: 01970 832304
ffacs: 01970 832782

Mali Meipen

Angharad Tomos

CYFRES
RWDLAN

6

Roedd hi'n noson cyn Calan
Gaeaf ac roedd Rala Rwdins
wrthi'n brysur yn glanhau Ogof
Tan Domen.
"Beth ydych chi'n ei wneud?"
gofynnodd Rwdlan, y wrach
fach ddireidus.
"Paratoi ar gyfer Mali Meipen,"
atebodd Rala Rwdins gan
duchan. Doedd Rala Rwdins
ddim yn hoffi glanhau.

"Mali Meipen? Pwy ar y ddaear ydi Mali Meipen?" meddyliodd Rwdlan. Doedd bosib fod rhywun yn dod i aros yn Ogof Tan Domen i ddathlu Calan Gaeaf?
Dyna beth fyddai hwyl! Rhywun arall i chwarae triciau arni!

Ni wastraffodd Rwdlan eiliad yn
rhagor. Heb i neb ddweud
wrthi, aeth ati â'i deg egni i
baratoi gwely i'r ymwelydd a
glanhau'r stafell nes ei bod yn
sgleinio. Da iawn, Rwdlan! Bu
Mursen yn brysur yn ymbincio
hefyd.

Rhywun arall nad oedd yn gwastraffu eiliad oedd Ceridwen, y wrach ddoeth a oedd yn hoff o lyfrau. Y funud honno, roedd hi'n cerdded drwy'r goedwig â'i phen mewn llyfr yn darllen *Cerddi'r Gaeaf*. Gwylia'r twca fala', Ceridwen!

Mae heno'n nos Calan Gaea'
A'r bwci ar bob camfa,
Mae Siôn y gwas â'i lafur mas,
A hithau'n bwrw eira.

Heb fod ymhell, roedd y Dewin Dwl mewn trafferth. Ef oedd wedi cael y gwaith o baratoi'r twca fala'. Roedd wedi casglu llond berfa o afalau – llawer gormod a dweud y gwir – ac roedd olwyn y ferfa braidd yn rhydd!

"O diar mi, rydw i ar fin gwneud rhywbeth dwl!" meddai'r Dewin Dwl yn bryderus.

CRAC! Torrodd olwyn y ferfa a
dymchwelodd yr afalau blith
draphlith dros bob man.
Bwm, bwm, bwm, bwm...
Syrthiodd yr afalau fesul un ac
un a rholio ar hyd y llawr. Ni
welodd Ceridwen yr afalau'n
powlio heibio iddi.

Felan o falau! Baglodd
Ceridwen dros yr afalau a
disgyn ar ei phen i'r twca fala'
nes ei bod yn wlyb at ei
chroen.
"O'r andros, pam mae pethau
fel hyn yn digwydd i mi?"
meddai'r Dewin Dwl. Roedd o
bron â chrio.

Wrth lwc, daeth Rwdlan i'r
golwg i helpu'r Dewin Dwl i
achub Ceridwen.
"Ydach chi'n iawn, Ceridwen
druan?" gofynnodd Rwdlan.
"Wn i ddim beth ddigwyddodd,"
meddai Ceridwen, yn wlyb
diferol.

Ymhen tipyn, daeth Ceridwen ati
ei hun a bu'r tri yn sgwrsio.
Soniodd Rwdlan fod Mali
Meipen yn dod.
"Beth gawn ni baratoi ar gyfer
Mali Meipen?" gofynnodd
Rwdlan.
"Beth am falau taffi?"awgrymodd
Ceridwen.
"Hwrê! Rwy'n hoffi'r syniad yna,"
meddai'r Dewin Dwl.

Bu Ceridwen yn garedig iawn
wedyn yn cytuno i helpu'r ddau
fach i wneud taffi.
"Roedden ni'n cael sbort fawr
yn gwneud cyflaith hefyd ers
talwm," meddai Ceridwen.
"Dewin Dwl, cei di roi'r taffi ar
yr afalau, a Rwdlan, cei di
weddill y taffi i wneud cyflaith."
Roedd pawb yn hapus iawn.

I ffwrdd â'r Dewin Dwl at y coed
afalau yn y goedwig.
"Wel, dyma fi wedi cael syniad
doeth am unwaith," meddai
wrtho'i hun gan daenu'r taffi ar
yr afalau yn y coed.
"Dewin Dwl!!! Rho'r gorau iddi'r
funud hon!!" meddai Ceridwen
dros y lle. Roedd taffi'n diferu
dros yr afalau, y dail a'r brigau!

Doedd Rwdlan yn cael fawr o
hwyl arni chwaith. Roedd y
cyflaith wedi glynu yn ei
bysedd, yn ei gwallt ac yn ei
dillad. Ceisiodd Mursen ei
helpu, ond glynodd y ddwy yn ei
gilydd!

"Bobol bach, allwn ni ddim
croesawu Mali Meipen fel hyn!"
meddai Rwdlan wrth Mursen.

Tra oedd Rwdlan yn ceisio dod o'r trybini, i ffwrdd â'r Dewin Dwl i fusnesa.

"Dyma fi wedi dianc o'r diwedd!" meddai. Ond yn sydyn, daeth llais cas o'r awyr, "Dewin Dwl! Ymlaen â'th waith!"

Pwy oedd yno ond y Dewin Doeth yn cael sgwrs â'r lleuad. "Ydi'r sêr wedi eu sgleinio ar gyfer noson Calan Gaeaf eto?" llefarodd y llais llym.

"Mêl ar fy mhen! Wedi anghofio'n llwyr!" meddai'r Dewin Dwl. Prysurodd i fyny uwchben y cymylau at y sêr. Clymodd ei hun wrth un ohonynt, a dechrau sgleinio'n brysur. Disgleiriai'r sêr yn dlws yn y nos, a thasgodd y Dewin Dwl y Llwch Llachar drostynt am ei bod hi'n noson arbennig. Yna, cafodd syniad sut i groesawu Mali Meipen.

"Sêr y ffurfafen! Nid dyma'r lle
i chi – allan yn y nos ddu!"
meddai'r Dewin Dwl, a chasglodd
bob un o'r sêr a dod â hwy i gyd
ar linyn a'u gosod o amgylch y
coed, nes bod yr olygfa'n dlws
ryfeddol. Doedd Gwlad y Rwla
erioed wedi edrych mor brydferth.
"O, Dewin Dwl, dyna bert!"
meddai Ceridwen a Rala Rwdins.

Roedd Rala Rwdins a Ceridwen yn cludo brigau tew a phapur i wneud coelcerth. Cyn pen dim, roedd yno dân mawr braf i gadw pawb yn gynnes.

"Rydyn ni bron yn barod ar gyfer Mali Meipen," meddai Rala Rwdins.

"Hwrê!" meddai'r Dewin Dwl, ac i ffwrdd â fo i chwilio am Rwdlan.

Daeth o hyd i Rwdlan druan yn ceisio llusgo brigyn mawr at y goelcerth.

"Rwdlan, Rwdlan, mae Mali Meipen bron â chyrraedd!"

Llonnodd Rwdlan drwyddi.

"Beth am i ni fod y cyntaf i'w chroesawu?" gofynnodd y Dewin Dwl yn gynhyrfus.

"Syniad gwych – i ffwrdd â ni," meddai Rwdlan heb oedi rhagor.

"O ble daw hi tybed?" holodd Rwdlan.

"Dim syniad," meddai'r Dewin Dwl.

"Falle daw hi drwy'r awyr ar ysgub."

"Falle wir," meddai'r Dewin Dwl.

"Falle na ddaw hi o gwbl."

"Falle ddim," meddai'r Dewin Dwl. Roedd ar y Dewin Dwl ofn siapiau gwrychoedd a chysgodion y coed a oedd yn edrych fel ysbrydion. Roedd ar Rwdlan ychydig bach o ofn hefyd.

"Wa! Mae'r bwci bo yn trio fy
nal!" sgrechiodd y Dewin Dwl.
Ond na, dim ond pry cop oedd
yno.
"Mae rhyw neidr flewog yn cosi fy
nghoes!" gwaeddodd Rwdlan, ond
na, dim ond cynffon Mursen y
gath oedd yno.
"Mae arna i ofn!" meddai'r dewin
bach yn ddistaw.
"Finnau hefyd," meddai Rwdlan.
"'Nôl â ni, ac wfft i Mali Meipen."

Roedd pawb wedi bod yn poeni'n arw am y ddau fychan ac yn falch iawn o'u gweld.
"Ble buoch chi mor hir?" holodd y Dewin Doeth.
"Roedden ni eisiau bod y cyntaf i groesawu Mali Meipen," cyfaddefodd y Dewin Dwl.
"Ond does dim golwg o Mali Meipen yn unman," meddai Rwdlan. Daeth gwên fawr dros wyneb y Dewin Doeth.

Lledodd gwên dros wyneb Rala
Rwdins hefyd a dechreuodd
Ceridwen biffian chwerthin.
"Dyma hi – Mali Meipen!"
meddai Rala Rwdins gan
ddangos meipen fawr wedi ei
naddu'n lantern, a channwyll yn
olau y tu mewn iddi.
"Ha ha, hi hi hi!" chwarddodd
Ceridwen.
"Ho ho, hi hi, dyna ddwl!"
meddai'r Dewin Doeth. Teimlai
Rwdlan a'r Dewin Dwl yn wirion
iawn.

"Wel, am unwaith, dyna fi wedi chwarae tric ar Rwdlan!" meddai Rala Rwdins. Ond doedd neb yn dal dig. Roedd hi'n noson Calan Gaeaf, roedd coelcerth fendigedig, roedd y sêr yn disgleirio dan y coed ac roedd Rala Rwdins wedi gwneud tysen boeth i bawb. "Falle cawn ni falau taffi y flwyddyn nesaf," meddai'r Dewin Dwl yn obeithiol. "Falle wir," meddai pawb.

Cyfres Rwdlan!

Efallai'r gyfres fwyaf llwyddiannus
i blant bach yn Gymraeg erioed!

1. Rala Rwdins
2. Ceridwen
3. Diffodd yr Haul
4. Y Dewin Dwl
5. Y Llipryn Llwyd
6. Mali Meipen
7. Diwrnod Golchi
8. Strempan
9. Yn Ddistaw Bach
10. Jam Poeth
11. Corwynt
12. Penbwl Hapus
13. Cosyn
14. Dan y Dail
15. Barti Ddwl
16. Sbector Sbectol

*Am restr gyflawn o'n holl gyhoeddiadau,
anfonwch yn awr am gopi RHAD AC AM DDIM
o'n catalog lliw llawn!*

www.ylolfa.com